AF235583

Wie das Leben so spielt

Geschichten aus dem „Geistlichen"

Pfarrer i.R. Gert Flessing

Gert Flessing

Wie das Leben so spielt

Kurzgeschichten

Bibliografische Information der Deutschen Nationalbibliothek:
Die Deutsche Nationalbibliothek verzeichnet diese
Publikation in der Deutschen Nationalbibliografie; detaillierte
bibliografische Daten sind im Internet über http://dnb.dnb.de
abrufbar.

Herstellung und Verlag: BoD – Books on Demand,
Norderstedt

ISBN: 978-3-7526-4709-9

Die Fahrt in der Karre

Der Morgenkaffee wollte Nathan Söderbohm, dem Pfarrherren von Brüssow nicht recht schmecken. Sein Kopf pochte und der pelzige Geschmack auf der Zunge machte diesen Morgen zur Qual. „Na," sagte seine bessere Hälfte Marthe, „da habt ihr wohl gestern wieder ein bischen tief in das Glas geschaut." Nathan knurrte nur. Ihm war überhaupt nicht zum Reden zumute, zumal er sich an den Ausgang des gestrigen Abends nicht erinnern konnte. „Das du nicht sehr gesprächig bist, mein lieber Gemahl, ist mir schon klar. Zumal du ja gestern, als deine lieben Freunde dich heim brachten ziemlich laut gesungen hast." Seine Frau lächelte ihn vergnügt an. Sie kannte ihren Nathan und wusste, das solche Freudenfeiern nicht alltäglich waren. Obwohl der Pfarrherr von Brüssow kein Kind von Traurigkeit war und sehr wohl in die Welt passte, war er fest im Glauben und stark im Amt. Neben der kleinen Stadt gehörten noch etliche Dörfer und Dörflein zu seinem Amtsbereich. So war er viel unterwegs auf Straßen, die diesen Namen oftmals nicht verdienten und gestählt durch das ständige radfahren. Ein Fahrrad sein eigen zu nennen war, knapp fünf Jahre nach dem Ende des unseligen Krieges schon ein Luxus. Nur der Doktor, der ja zu den Freunden Nathans gehörte, hatte ein Auto, einen alten Opel, der auf den Straßen dort jedoch schon mehr als einmal mit Federbruch liegen geblieben war.

Auch auf den Dörfern gab es hin und wieder Festivitäten, und ein Pfarrer musste höllisch aufpassen, das ihn die Bauern nicht zu stark alkoholisierten. Es schien den Dörflern eines der größten Vergnügen zu sein, dem „Studierten" zu zeigen, was ein echter Landmann und Uckermärker so an Kartoffelschnaps schlucken konnte. Trotzdem hatten die Feiern ihren eigenen Charme und bei vielen Hochzeiten hatte das Paar Söderbohm schon das Tanzbein geschwungen.

Dem Herren Superintendent schmeckte das nicht so sehr. Doch saß der in Prenzlau auf den Trümmern seiner Kirchen und hatte im Grunde anderes zu tun, als seine Pfarrer zu überwachen, ob die zu viel Lebensfreude entwickelten. Er ließ jedoch keinen Konvent verstreichen, in dem er nicht vor den Gefahren des Alkohols und des liederlichen Lebens in manchen dörflichen Gemeinschaften warnte. Vor allem die Tatsache, das auch im Anschluss an

Beerdigungen oft noch gefeiert und getanzt wurde, bis der Morgen anbrach, erbitterte ihn und er geißelte es als heidnisch und der Würde des Ablebens eines Christenmenschen nicht angemessen.

Doch schien es Nathan Söderbohm eigentlich nur deutlich zu machen, das für die einfachen Menschen auf den Dörfern Tod und Leben zusammengehörten und aus der Trauer über den Verlust eines lieben Menschen oft die Freude an der Gabe des Lebens erwuchs, das Gott immer wieder neu schenkt.

Freilich hatte er auch Auswüchse erlebt, die ihn nicht mehr schmunzeln ließen. So, als in Woddow der alte Frieder Boitin gestorben war und man schon, während er noch im Hause aufgebahrt stand, die Tafel deckte, und als alle schließlich beschwingt waren, den Sarg gar in die Ecke gestellt hatte, um Platz für ein Tänzchen zu finden. Die Erklärung der Witwe, es wäre doch so schön gewesen und der Frieder hätte doch so gern getanzt in seiner Jugend, hatte den Pfarrherren nicht recht befriedigen können.

All das ging ihm durch den Kopf, während er seinen Morgenkaffee schlürfte und sich schließlich fragte, ob es denn angemessen wäre, seinen guten Freund Heinrich Hirsch, den Apotheker zu besuchen, um sich etwas gegen seine üblen Kopfschmerzen geben zu lassen.

„Marthe, ich geh denn mal zum Heinrich." sagte er, zog sich die Jacke über und verließ das Pfarrhaus. Auch draußen spürte er, wie ihn die Nachwehen des gestrigen Abends zwickten und zwackten. So trollte er die Straße entlang, am Schwan vorbei, in dem er den gestrigen Abend verbracht hatte. Am Markt lag die Rabenapotheke. Als er sie betrat, musste er sich das Lachen doch arg verkneifen. Sein guter Freund Heinrich sah recht grün im Gesicht aus. Als Heinrich ihn erblickte, meinte er in wehleidigem Ton: „Ach Nathan, ich weiß wohl, was du möchtest. Aber schimpf bitte nicht, wir haben wohl alle unseren Teil gestern gehabt. Du freilich am meisten." All das ging ihm durch den Kopf, während er seinen Morgenkaffee schlürfte und sich schließlich fragte, ob es denn angemessen wäre, seinen guten Freund Heinrich Hirsch, den Apotheker zu besuchen, um sich etwas gegen seine üblen Kopfschmerzen geben zu lassen.

„Marthe, ich geh denn mal zum Heinrich." sagte er, zog sich die Jacke über und verließ das Pfarrhaus. Auch draußen spürte er, wie ihn die Nachwehen des gestrigen Abends zwickten und zwackten. So trollte er die Straße entlang, am Schwan vorbei, in dem er den gestrigen Abend verbracht hatte. Am

Markt lag die Rabenapotheke. Als er sie betrat, musste er sich das Lachen doch arg verkneifen. Sein guter Freund Heinrich sah recht grün im Gesicht aus. Als Heinrich ihn erblickte, meinte er in wehleidigem Ton: „Ach Nathan, ich weiß wohl, was du möchtest. Aber schimpf bitte nicht, wir haben wohl alle unseren Teil gestern gehabt. Du freilich am meisten." Nathan Söderbohm runzelte die Stirn. „Heinrich, ich bin nicht gekommen, um dir eine Philippika zu halten, sondern um mir etwas gegen meine Kopfschmerzen zu erbitten." Heinrich Hirschs leidendes Gesicht überzog ein freundlicher Schimmer. „Gern, alter Freund. Ich habe gute Spalt Tabletten. Die helfen dir gewiss." Heinrich reichte dem Freund und Pfarrherrn nicht nur die Tablette, sondern auch noch ein Glas frisches Wasser. „Ich weiß nicht", brummte Nathan Söderbohm, „ich kann mich doch sonst an unsere Abende erinnern und bin eigentlich recht trinkfest. Aber ich weiß nicht einmal mehr, wie ich nach Hause gekommen bin. So weggetreten bin ich seit meiner Jugend nicht mehr gewesen, nicht mal als ich bei Barras war." Heinrich wiegte bedenklich den Kopf. „Vielleicht solltest du dich mal untersuchen lassen. Unser guter Doktor würde sich freuen, dich auch mal als Patienten und nicht nur zum Skat zu begrüßen." Nathan blickte Heinrich an. „Wie geht es Franz eigentlich? Hast du heute schon was von ihm gehört?" Heinrich grinste. „Unser lieber Dr. Franz Egel war schon vor einer halben Stunde hier. Auch er hat sich eine Kopfschmerztablette geholt und Pfefferminzpastillen, weil er seine Sprechstunde nicht mit einer weit wehenden Fahne machen wollte." Jetzt lächelte Nathan auch. Der gute Franz Egel, Doktor der Medizin. Seine Erfahrungen hatte er in den Lazaretten des Krieges und in amerikanischer Gefangenschaft gemacht. Von dort hatte er auch sein Wissen über das neue Wundermittel Penicillin mitgebracht. Ein Mann der schon vielen in der Stadt und im Umland geholfen hatte. Ein Mann freilich auch, der dem schönen Geschlecht und dem Alkohol nicht abgeneigt war. Trotzdem war er ein guter Freund, und nachdem der alte Schulleiter von den Kommunisten verhaftet worden war, neben Heinrich Hirsch der einzige Mensch, mit dem man mal ein intelligentes Gespräch führen konnte.

Nathan verabschiedet sich von seinem Freund. Als er eben an der Tür stand, fiel ihm noch etwas ein. Er drehte sich um. „Heinrich, sag mir doch mal, wie ich gestern nach Hause gekommen bin. Ich kann mich nicht mehr erinnern." Heinrich Hirsch grinste breit. „Nicht, das mich das wundert, mein lieber Nathan. Du warst ja, nun, eben rattenvoll. Wir haben dich nach Hause bringen müssen, denn allein wärst du da nicht mehr hingekommen." Nun war der Pfarrherr von Brüssow beruhigt und dachte sich, das es doch schön ist, wenn man solch treue Freunde hat.

Zuhause angekommen, erwartete ihn seine gute Marthe mit sorgenvoller Miene. „Nathan, der Herr Superintendent hat angerufen." „Was wollte er denn?" fragte Nathan Söderbohm und ihm schwante nichts gutes. „Du möchtest morgen um zehn bei ihm erscheinen."

„Nun, mit möchten dürfte das nicht viel zu tun haben." knurrte Nathan und ging in sein Amtszimmer.

Das Mittagessen schmeckte ihm nicht und der Nachmittag wollte nicht recht vergehen. Ruhelos wälzte er sich schließlich im Bett und betete, das doch der Kelch des Unheils an ihm vorbei gehen möge.

Am anderen Morgen machte er sich auf den Weg zum Bus, um nach Prenzlau zu fahren. Pünktlich um zehn betrat er die heiligen Hallen der Superintendentur, in deren Fluren es nach Bohnerwachs, alten Akten und Zigarrenrauch roch. Er wurde bereits erwartet. Die Sekretärin öffnete die Tür zu dem großen Studierzimmer des Superintendenten. Superintendent Theodor Felix von der Heidte saß hinter seinem wuchtigen Schreibtisch. „Da sind sie ja Söderbohm." knarzte er. „Setzen sie sich." Das kein Kaffee angeboten wurde, machte den Ernst der Lage deutlich.

Als Nathan saß, erhob sich von der Heidte. Er war ein alter Herr und alt waren auch seine Prinzipien. Er hatte im ersten Weltkrieg gedient und für ihn galt das eiserne Muß der Pflicht auch heute noch. „Söderbohm, mir ist da etwas zu Ohren gekommen, was ich für bedenklich halte. Gestern früh wurde ich aus Brüssow angerufen. Von wem tut nichts zur Sache. Aber mir wurde berichtet, Sie, Söderbohm, waren am Abend zuvor sturzbetrunken und sind auf einer Mistkarre von zwei ebenso betrunkenen Gestalten laut grölend zum Pfarrhaus gefahren worden. Söderbohm, ich habe sie wegen ihres Hanges zu Festivitäten schon gewarnt, aber das ist ja nun doch zu viel. Ich werde es dem Konsistorium in Berlin melden müssen." Von der Heidte hatte sich in Rage geredet. Wie ein Offizier vor einem Untergebenen stampfte er, hoch aufgerichtet und immer noch schlank, durch das Zimmer. „Wenn sie, Söderbohm, wegen dieser Sache strafversetzt werden, wird es wohl auch den anderen Kollegen endlich eine ernste Mahnung sein." Während er noch wütete, öffnete sich die Tür. Seine Sekretärin Ruth Wegner, der einzige Mensch, der es wagte, auch mal dem Superintendenten gegenüber deutlich zu werden, schaute in das Zimmer. Von der Heidte hielt in seinem Weg und seiner Philippika inne. „Was gibt es denn?" fragte er knurrig. „Ein dringender Anruf, Herr Superintendent." „Kann das nicht warten?"

„Nein, kann es nicht, denn es bezieht sich auf das Problem, das sie eben beschrien haben." „Gut." von der Heidte folgte seiner Sekretärin und Söderbohm saß allein und zerschmettert auf seinem Stuhl. Strafversetzt. Wohin würde ihn wohl das Konsistorium schicken? Was sollte er seiner guten Marthe sagen und was seinen Freunden? „O Herr, warum prüfst du mich so." betete er. Die Uckermark war schon nicht eben der Teil Brandenburgs, der als fette Pfründe galt. Nur die Prignitz war noch verrufener.

Die Tür ging auf. Von der Heidte trat ins Zimmer und er war ein völlig gewandelter Mann. „Lieber Bruder Söderbohm, ich wusste ja gar nicht, das sie einen Männerabend in Brüssow haben. Vor allem aber war mir nicht bewusst, das sie gesundheitliche Probleme mit sich rumtragen. Sie hätten doch mal von ihrer Herzschwäche sprechen können." Nathan wusste nicht, wie ihm geschah. Herzprobleme? Männerabend? „Es ist doch gut, das der Doktor Egel mich informiert hat. Immerhin hat er sie ja bis zur nächsten Woche krankgeschrieben. Fahren sie heim. Erholen sie sich erst mal." Nathan wusste nicht, wie ihm geschah. Als er, immer noch zitternd, das Studierzimmer des Chefs verließ, zwinkerte ihm dessen Sekretärin verschwörerisch zu.

Als er schließlich wieder in Brüssow war, eilte er gleich in die Praxis seines Freundes Franz

Egel. „Was war denn das?" fragte er, „Wieso hast du bei von der Heidte angerufen?" „Nathan," erwideret der, „nach dem, was wir miteinander durchgemacht haben, war das doch selbstverständlich. Die Sekretärin des Herrn Superintendenten, die ich recht gut kenne (er zwinkerte dabei) hat mich angerufen und mir erzählt, was dein Chef losgelassen hat. Laut genug muss er ja geworden sein. Da habe ich schnell gesagt, das du einen Kreislaufzusammenbruch hattest, weil wir eine schwere biblische Diskussion hatten. Das Attest kannst du gleich mitnehmen und dann nach Prenzlau schicken." „Und die Sache mit der Karre?" fragte Söderbohm. „Na wie sollten wir dich denn nach Hause bringen. Laufen konntest du schließlich nicht mehr. Dein Kreislauf war wirklich hin, wenn auch nicht von der biblischen Diskussion, sondern von dem Geist aus der Flasche." „Danke Franz." „Ach Nathan, was tut man nicht alles für seine guten Freunde. Vor allem aber, wer hätte dann den dritten Mann beim Skat gemacht, wenn du strafversetzt worden wärst."

... und Friede auf Erden

Im Radio sang jemand von einem rotnasigen Rentier. Georg versuchte die Augen aufzubekommen und wach zu werden. „Hopp, hopp, hopp,..." klopfte die Melodie. Georg mochte das Lied nicht, und so stand er auf und warf einen Blick aus dem Fenster. Gott sei Dank, noch kein Schnee, dachte er. Maria war schon auf und klapperte in der Küche mit den Tellern. Er ging ins Bad, und während er sich rasierte, versuchte er, sich seinen Dienstplan zu vergegenwärtigen. Um 13 Uhr war das Heim dran. Dann kam um 14 Uhr Buckow. Es folgte eine Kafeepause, ehe er um 16 Uhr in Klausendorf sein würde. Von da aus ging es um 17 Uhr nach Sanftleben, um 18 Uhr nach Schafenbusch und um 19 Uhr war er dann hier in Nehmersdorf, und dann war es geschafft. Das war sein eiliger - oh pardon, heiliger Abend. Diesmal ohne Schnee, dachte er glücklich und schnitt sich mit der neuen Klinge, die er für diesen Tag extra eingelegt hatte, ins eigene Fleisch.

Als Georg vor zehn Jahren den Dienst als Pfarrer in dem kleinen märkischen

Nehmersdorf begonnen hatte, waren es nur drei Christvespern gewesen, aber mit Zunahme der Vakanzen hatte sich auch die Arbeit am heiligen Abend vervielfacht.

Durch das Wohnzimmer gehend, fiel sein Blick auf den Weihnachtsbaum. Im Schmuck von Kugeln, Kerzen und Lametta stand er da, gleich neben dem großen Transparent. „Friede auf Erden und den Menschen ein Wohlgefallen." Aus dem Kinderzimmer tönte die Stimme seiner Frau: „Nun steht endlich auf, wir müssen frühstücken. Es ist schon alles fertig." Aber das Quengeln der Jungs ließ darauf schließen, daß es wohl noch eine Weile dauern würde. Georg zog sich an und ging in die Küche. Die Stimme Marias, die die Kinder zu etwas mehr Eile motivieren wollte, erreichte ihn, wie aus weiter Ferne. Er nahm das Tee-Ei aus seiner Teekanne und gab seiner Frau, die aus dem Kinderzimmer gekommen war, einen flüchtigen Kuß. „Heute läuft es wieder gar nicht." meinte sie, „Wann kommt eigentlich deine Mutter?" „Zum Kaffee bringe ich sie mit." antwortete er und setzte sich. Endlich kamen auch die beiden Jungs.

„Gordon, du kannst die Kaninchen füttern." meinte Georg nach dem Frühstück. Der lief los, denn das war nach seinem Geschmack.

Natürlich wollte Martin, sein kleiner Bruder mit, und so war auch das nicht gerade von sehr viel Frieden geprägt.

Georg selbst ging in den Keller, um die Zentralheizung fertig zu machen. Er schaute dem Qualm nach, der durch das offene Kellerfenster abzog und hörte draußen die Diskussion der beiden Kinder, wer wohl welchem Kaninchen die Möhren geben dürfte. Die Kellertür ging auf, und seine Frau rief: „Bring doch noch ein Glas Kompott mit." „Gnadenbringende Weihnachtszeit." seufzte er.

Endlich war es soweit geschafft, daß er sich ins Amtszimmer zurückziehen konnte. Schließlich mußte noch eine Predigt werden. Einfach war das nicht, denn aus dem Wohnzimmer nebenan hörte er durch die dünne Wand den Staubsauger rauschen und im Radio jemanden von „merry chrismas" singen.

Ehre sei Gott in der Höhe und Frieden auf Erden bei den Menschen seiner Huld. Wo gibt es diesen Frieden überhaupt?, fragte er sich. War das nicht eine Illusion? Was sollte er denn denen sagen, die heute erwartungsvoll vor ihm sitzen würden? Sie erwarteten etwas, was zu ihrer Weihnachtsstimmung paßt.

Friede auf Erden. Er hatte nicht einmal Frieden in seinem Amtszimmer. Nebenan Radio und Staubsauger, jetzt im Flur die Kinder, die eben rein gekommen waren und Kaninchen spielten. Manchmal sehnte er sich nach Frieden. Er dachte an seine Kindheit. Da war der Lichterglanz der echten Kerzen, der Gang zur Kirche, der hohe Schnee. Seltsam - wenn er an Weihnachten zu hause dachte, dachte er an Schnee. Wie oft in all den Jahren, die er nun schon im Dienst war, hatte Weihnachten kein Schnee gelegen, aber er dachte an seine Kindheit und an Schnee und daran, wie er als König im Krippenspiel, eingehüllt in eine Sofadecke, den Messingaschenbecher des Pfarrers in der Hand, zur Kirche gezogen war.

Ehre sei Gott in der Höhe. Ja, dieser Abend war für viele der einzige Augenblick des Jahres, an dem sie Gott die Ehre gaben. Das war damals so, als er noch Krippenspielkönig war, und daran hatte sich bis zum heutigen Tage nichts geändert. Einmal im Jahr Gott die Ehre geben, ob das nicht etwas wenig ist, um seinen Frieden zu erfahren?

Die Menschen waren ja so friedlos, so gehetzt. Er sah es ja an sich selbst. Das Bild vom gemütlichen Landpfarrer stimmte nicht mehr, wenn es je gestimmt haben sollte. Aber vielleicht brauchen die Menschen da gerade ein bißchen Weihnachtsfrieden, dachte Georg bei sich und erinnerte sich an seine Studienzeit, und die Nachrichten im Radio, die von eine Feuerpause in Vietnam über die Weihnachtsfeiertage gesprochen hatten. Das sollte fur uns alle das Mindeste sein - eine Feuerpause, die uns aufatmen und aufblicken läßt.

Er faltete die Hände und brachte sich und seine Gedanken vor Gott. Langsam versank all das, was ihn belastete und er bat Gott darum, den Menschen ein wenig von der frohen Botschaft bringen zu können, die im Kind in der Krippe in diese Welt kam.

„Essen!" Der Ruf seiner Frau ließ ihn hochschrecken. Er stand auf und packte seine Sachen in die Tasche. Agende, Gesangbuch, Predigt, Abkündigungen, alles da. Ah, dann war es ja gut. Hunger hatte er kaum. Es war ein großer, ein ausgefüllter Tag, der vor ihm lag und das nicht nur, weil er so viele Stunden unterwegs sein würde. Eine Bö, die sich in den Schornstein geworfen hatte, ließ ihn aus dem Fenster schauen. Es schien windig zu werden, die Bäume auf dem Kirchhof waren schon ganz schön in Bewegung.

„Wann kommst du denn zum Kaffee?" fragte ihn Maria. „An ich denke so gegen 15 Uhr. Es liegt ja kein Schnee, da komme ich zügig voran." „Eigentlich schade, daß kein Schnee liegt. Die Kinder würden sich freuen." „Das schon, aber mir reicht der Wind völlig. Wenn er sich nur nicht zum Orkan auswächst, wie in dem einen Jahr, da will ich schon zufrieden sein." Draußen polterte es. Georg, der gerade seinen ersten Löffel Kartoffelsuppe zum Munde führen wollte, sprang auf. Als er die Tür öffnete, sah er den LKW schon wieder abfahren, der ihm Kohlen gebracht hatte.

Es war auch höchste Zeit, der Keller war fast leer. „Du, das erste Weihnachtsgeschenk ist da." sagte er, als er wieder am Tisch saß. „Geschenk ist gut." meinte Maria, „Wie viel ist es denn?" „Fast vier Tonnen." „Teure Bescherung."

Ein Blick auf die Uhr sagte ihm, daß er los muß. Rasch zog er sich seinen schwarzen Anzug an und warf sich in den Mantel. „Hast du auch alles? Auch dein Beffchen?" rief ihm Maria nach. „Ja, ja!"

Dann saß er im Auto und startete mit einem Stoßgebet, daß die alte Karre ihn doch auch durch diesen Tag tragen möge.

Der Wind war stärker geworden, aber im Wald gab es etwas Ruhe. Das Heim lag abseits in einem winzigen Ort. Es war in einem alten Schloß untergebracht. Für die Menschen, die hier leben mußte, weil sie alt oder pflegebedürftig waren, bedeuteten die Gottesdienste eine Abwechslung in ihrem sonst so eintönigen Leben. Vielen war er aber auch Trost und ein Zeichen, daß Gott sie nicht vergessen hatte. ansonsten blieb ihnen nur das Warten auf den Tod. Georg schauderte bei dem Gedanken, daß auch sein Leben irgendwann einmal so aussehen könnte.

Der Gottesdienst fand im oberen Flur, der auch gleichzeitig Aufenthaltsraum war, statt. Die Luft war warm und von den unwahrscheinlichsten Gerüchen geschwängert. Die Leute, die gehen konnten und die sogenannten „psychiatrischen Fälle" setzten sich andächtig hin. Aber viele lagen fest und konnten nur dadurch am Gottesdienst teilnehmen, weil die Türen offen standen und seine Stimme kräftig genug war, um alle Ecken und Winkel zu erreichen.

Es war deutlich zu spüren, wie die Menschen hier auf diesen Gottesdienst zum Heiligen Abend gewartet hatten, und als er nun mit ihnen sang und betete, waren alle, selbst jene, die nur noch lallen konnten, dabei.

Nach dem Gottesdienst ging Georg durch die Zimmer. Er wünschte allen ein gesegnetes Fest, strich hier einer Frau, die seit sieben Jahren im Bett lag, über das Haar, hielt dort eine Hand und versuchte für alle, denen es hier am elendsten ging, ein gutes Wort zu haben. Bei einigen, die selbst das nicht mehr empfangen konnten, verharrte er einen Moment im stillen Gebet. Es war immer wieder schwer, all dem Elend hier stand zuhalten. Was wußten jene, die nachher dort draußen in den Gemeinden zum Gottesdienst versammelt waren von dem Leid und dem Kummer, der hier ständig zu hause war.

Als Georg anschließend wieder in seinem Trabbi saß, war er sehr nachdenklich. Mußten die letzten Jahre oder Wochen eines Menschen so aussehen? Friede auf Erden bei den Menschen seiner Huld. Gottes Huld galt doch auch denen, die so in das Leid gepreßt waren.

Vor Buckow mußte er den ersten abgerissenen Ästen ausweichen. die Gemeinde war schon versammelt. sie saßen im Gemeinderaum, den sie sich unter der Orgelempore der großen Kirche eingerichtet hatten. So viele Menschen wie an diesem Tag kamen hier sonst das ganze Jahr nicht zusammen. Es war leidlich warm und der Weihnachtsbaum verbreitete ein freundliches Licht. Hier konnte er seine Stimme, der im Heim einiges abverlangt worden war, ein wenig erholen. Die Gemeinde sah voller Erwartung auf ihren Pastor. „Friede auf Erden, das ist etwas, was die Hirten sich schenken ließen. Sie erhielten ihn, als sie Gott die Ehre gaben und zu dem Kind in der Krippe fanden. Dort verweilten sie. Man muß in Gottes Nähe verweilen, wenn man an seinem Frieden Anteil haben will." Als er so predigte, polterten plötzlich Dachziegel herab und schlugen auf den Boden. Georg dachte an sein Auto. Hoffentlich bekam es nichts ab. Als er nach dem Gottesdienst noch kurz mit dem Ältesten Liersch redete, sagte der: „Die Versicherung hat erst im vorigen Monat den Sturmschaden bezahlt. Hoffentlich haben die das nicht mal satt." Wieder einmal wurde deutlich, wie schwierig die Situation dieser Kirche war. Was wäre ohne diese Menschen hier zu machen, die das ganze Jahr nicht in den Gottesdienst kamen, sich aber ihrer Kirche immer wieder rührend an nahmen. Nun, vielleicht würde sie doch eines Tages die Gnade Gottes treffen und geistliches Leben unter ihnen erwecken.

Georg trat auf das Gaspedal. Als er den Schutz des Waldes verließ, traf ihn der Sturm mit ganzer Gewalt und brachte den Wagen für einen Moment aus der Spur. Er fuhr der Stadt zu, in der seine Mutter lebte. Es war nur ein kleiner Umweg. Als sie schließlich im Pfarrhaus ankamen, stand der Kuchen auf dem Tisch. Maria hatte die Kerzen angezündet und eine Platte mit Weihnachtsliedern aufgelegt. Sie genossen die Musik und den guten Kuchen und die Kinder hingen an ihrer Oma. Ein bißchen Frieden mitten im Sturm. Friede auf Erden, bei den Menschen seiner Huld.

Freilich war es eine Ruhe, die nicht lange währte. Unerbittlich lief die Uhr, und so saß er denn bald wieder im Auto und fuhr durch den Aufruhr der Elemente Klausendorf zu. Die Wolken hingen tief und die Luft roch nach Schnee. Es würde wohl doch noch eine weiße Weihnacht geben. Die Glocken der kleinen Klausendorfer Kirche klangen hell. Die Kerzen verbreiteten einen warmen Schein und andächtig warteten die Menschen. Er war gern hier. Diese Menschen freuten sich auf Gottes Wort. sie kamen regelmäßig, denn der Gottesdienst gehörte zu ihrem Leben dazu. Von den Hirten sprach er, und davon, wie sie diese Nacht erlebten. „Sie waren friedlose Männer. Sie waren nicht beliebt, nicht geachtet. Gott sprach zu ihnen und zeigte ihnen damit, daß sie ihm nicht gleichgültig waren. Bei ihm zählten sie, hatte auch ihr Leben Gewicht. Das Kind, das sie fanden, lächelte sie an, und sie spürten, zum ersten mal vielleicht, daß sie hineingenommen waren in einen Raum des Friedens. Das nahmen sie mit in ihren Alltag."

Die Gemeinde hatte gebannt zugehört, und als sie schließlich alle das Lied von der stillen Nacht sangen, hatte er das Gefühl, daß hier etwas von Gottes Weihnachtsfrieden zurückbleiben würde.

Nun wurde es zeitmäßig eng. Besorgt schaute er zum Himmel, aus dem die ersten Schneeflöckchen tanzten. Als er in Sanftleben ankam, fiel dichter Schnee. Drinnen, in der Kirche sang der Chor. Alles war hier gut geordnet. Kräftig klangen die Weihnachtslieder. Selbst die Orgel, die erst ein Jahr zuvor fertig geworden war, klang.

„Frieden finden wir da, wo wir einander annehmen, wo wir lernen, miteinander umzugehen, ohne einander zu verletzen. Das Kind ist Zeichen des Friedens. Es ist hilflos, es ist auf unsere Liebe angewiesen. Wo wir einander in Liebe begegnen, da wird Friede sein." Es waren Worte, die er sich auch selbst immer wieder predigen mußte, denn sein Leben war oft genug friedlos gewesen, und trug Spuren und Narben. „Es ist ein Ros entsprungen..." sang die Gemeinde und Georg fühlte sich davon berührt und nahm die Hoffnung auf. Draußen begann der Schnee über die Straßen zu wehen. Erst zaghaft, aber das würde wohl nicht so bleiben.

In Schafenbusch hielt er vor dem alten Pfarrhaus. Es diente schon lange als Winterkirche und durch die beschlagenen Scheiben der kleinen Fenster drang warmer Lichtschein. Der Gemeinderaum war brechend voll. Einige hatten nur noch Stehplätze gefunden. Gleich neben dem Altartisch hatten die Kirchenältesten eine Krippe aufgebaut. Es waren einfache Figuren; Maria, Joseph, das Kind, einige Hirten und die Könige. Alle diese Figuren waren vor vielen Jahren von Gemeindegliedern gebastelt worden. Sein Vorgänger hatte sie in einen Schrank verbannt, weil sie ihm nicht modern genug waren. Georg erinnerte sich genau, wie sich der alte Küster gefreut hatte, als er ihn die Figuren hervorkramen ließ. Auch die Gemeinde freute sich. Erkannte doch mancher die Gestalten wieder, die einst von seinen Eltern oder ihm selbst gebastelt worden waren. Sie waren Ausdruck der

Verbundenheit untereinander und zu der Gemeinde, in der man lebte. „Gottes Friede gilt allen." sagte er, und versuchte es an den drei Königen deutlich zu machen, die stellvertretend für ihre Völker und Rassen da waren. „Wo Menschen sich Gott begegnen lassen, verlieren Grenzen ihre Relevanz und beugen sich auch die Mächtigen und Starken." Als Georg den Raum verließ, lag schon eine ziemliche Schneedecke, die der Sturm zu Wehen zusammentrieb. Er kratzte die Scheibe frei. Mit dem Schnee war auch die Kälte gekommen. Sollte er bei diesem Wetter die Abkürzung durch die Felder benutzen? Er sah auf die Uhr. Das Risiko, irgendwo liegen zu bleiben war ihm zu groß, und so fuhr er auf die Landstraße hinaus. An der Kreuzung lag schon eine beträchtliche Wehe, die er aber mühelos nahm. Die Straße war zur Hälfte verweht, und der Schnee trieb in dichten Schwaden vor seinen Scheinwerfern über den Boden. Plötzlich tauchte eine Gestalt im Schneetreiben vor ihm auf. Er bremste ab. Da torkelte sie auch schon vor den Wagen, der sich querstellte. Georg stieg aus. Im Licht der Scheinwerfer erkannte er einen, der in der ganzen Gegend als Säufer verschrien war. „Ach der Herr Pfarrer!" schallte es ihm entgegen. „Frohe Weihnachten!" Er nahm sich zusammen. „Danke schön, Herr Schwarz. Ihnen auch ein gesegnetes Fest." Die Fahne war erschreckend. „Ist irgendwie glatt heute."

meinte Herr Schwarz. „Kommen sie, steigen sie ein, damit sie sich nicht noch was holen bei dem Schnee und der Kälte." „Ach Herr Pfarrer," sagte Herr Schwarz, „ich habe etwas zum wärmen dabei. Hier, nehmen sie auch einen Schluck." Er holte eine Flasche Klaren aus seiner Jacke. Georg wehrte lachend ab und bugsierte Herrn Schwarz ins Auto. Vorsichtig manövrierte er es wieder in die richtige Richtung und fuhr weiter. „Wissen sie, Herr Pfarrer, als meine Frau noch lebte, da war alles viel schöner. Da sind wir auch jedes Jahr Weihnachten zur Kirche gegangen und unser Jungs, die haben wir taufen lassen und zur Religion geschickt. Aber jetzt. - Drei Jahre ist meine Hilde nun schon nicht mehr, und ich komm und komm nicht drüber weg. Aber lassen sie man, Herr Pastor, ich komm mal wieder zur Kirche, wenn sie predigen."

Ein Mensch war ein Stück aus sich herausgegangen, und Georg begann zu ahnen, warum er zur Flasche gegriffen hatte. Da war einer ohne Frieden und suchte im Alkohol Trost in seiner Einsamkeit. Auch in dieser Nacht würde er erst Frieden finden, wenn er sich selbst nicht mehr kannte. Müßte er, gerade in dieser Nacht, gerade als einer, der von dem Frieden, den Gott geben will, sprach, sich nicht eigentlich dieses Menschen annehmen? Müßte er im nicht ein wenig Wärme und Gemeinschaft geben?

Die Stadt war erreicht und Georg war eigentlich froh, als Herr Schwarz sagte: „Nun will ich aber aussteigen. Bei Karli ist heute was los. Danke, Herr Pfarrer."

Er würde sich nicht dafür rechtfertigen müssen, daß er einen von da draußen mitgebracht hatte. Jedenfalls nicht in seiner Familie. Ganz leise, in einem Winkel seines Herzens hörte er allerdings: „Was ihr einem dieser meiner geringsten Brüder nicht getan habt, das habt ihr mir nicht getan."

Als er vor dem Pfarrhaus hielt, läuteten schon die Glocken. Schnell zog er den Talar an und ging durch das dichte Schneetreiben in die hell erleuchtete Kirche. Sie war voll besetzt. Er blickte in die Gesichter, als er den Mittelgang entlangschritt. Alle waren sie gekommen. Auch die Genossen waren da. Da saßen all jene, die ihn nicht mochten und die, die ihn für einen guten Pfarrer hielten. Selbst sein alter Feind saß da. Schließlich auch seine Frau mit den Jungs und seine Mutter. Es war ein Bild des Friedens.

„Die Nacht ist vorgedrungen, der Tag ist nicht mehr fern..." Die Orgel klang und der Gesang füllte die Kirche. Georg stand, flankiert von den Weihnachtsbäumen vor dem Gekreuzigten. „Herr Jesus, nimm alles von mir, was mich hindern will, dir zu dienen. Laß mich nur noch an dich und dein Wort denken." so betete er. Er spürte, wie alle Unruhe, alles Äußerliche, ihn verließ und er drehte sich um, um den Menschen, die ihn anblickten, die Botschaft von Gottes Frieden zu bringen.

Dann stand er auf der Kanzel und dachte, einen Moment kniend, an die Verheißung Gottes, die ihnen allen, die sie hier versammelt waren, galt, und die er weitersagend durfte.

„Gerade eben bin ich unterwegs einem Menschen begegnet, der durch Nacht und Kälte tappte. Ich nahm ihn mit, und er hat mir von sich erzählt. Sein Leben ist voller Kälte und Dunkelheit. Er hat das Licht der Hoffnung verloren. Aber sehen wir es denn? Wie oft leben wir in der Finsternis von Resignation und Angst. Wie oft stehen wir in der Kälte der Beziehungs- und Lieblosigkeit. Wir sind fern von Gott. Gott aber will diese Finsternis durchbrechen." Er redete von dem Licht, das um die Engel herum war und von der Wärme der göttlichen Liebe, die von der Krippe ausging und allen Menschen gelten soll, die zu ihm finden. Er redete von dem Licht und der Wärme, die dort zu finden sind, wo wir

Gott finden und davon, daß wir uns nicht wundern sollen, daß sich all das am Kreuz vollendet. „Wir alle dürfen bei dem Kind in der Krippe, bei dem Mann am Kreuz, eine Anleihe der Hoffnung und Liebe Gottes nehmen. Dort ließ er sie sichtbar werden. Wenn wir uns von ihr erleuchten und durchwärmen lassen, so können wir unseren Weg weitergehen und die Hoffnung wird wachsen und die Liebe wird nicht schwächer, sondern stärker werden, je mehr wir sie mit den anderen, die uns begegnen, teilen. Dann werden wir zu Lichtträgern in der Dunkelheit der Welt und vielleicht erreicht ein Fünkchen davon auch jene, die, wie der Mann, den ich heute abend ein Stück mitgenommen habe, meinen, ihren Weg in Finsternis und Kälte zu Ende gehen zu müssen."

Als er am Ausgang die Menschen verabschiedete und ihnen ein frohes Fest wünschte, spürte er, daß so etwas wie Bewegung bei vielen da war. Nur sein alter Widersacher ging schnell an ihm vorbei und Georg wußte, daß der Frieden hier noch auf sich warten ließ.

Dann ging er mit seiner Familie zum Pfarrhaus. Langsam fiel die Anspannung von ihm ab, und als sie nach Abendbrot und Bescherung bei einer Flasche Wein zusammensaßen, lag über diesem Moment der Stille etwas von dem Frieden, den Gott in jener Nacht damals auf den Feldern von Bethlehem den Menschen verheißen hatte. Als er später im Bett lag und den regelmäßigen Atemzügen seiner Frau lauschte, brachte er diesen Tag, mit allem, was war, vor Gott, betete für den Frieden der Menschen, die ihm anvertraut waren in der Gemeinde und in seiner Familie und für jenen Mann, der jetzt vielleicht irgendwo seinen Rausch ausschlief. Heiliger Abend, dachte er, ehe er einschlief, und der Schnee, der immer noch durch die Nacht trieb, breitete ein weißes Tuch über die Erde, so daß sie am Morgen wie neu, frisch und friedlich da liegen würde.

Das Ziel des Lebens

Was war das für ein merkwürdiger Tag. Tante Belinda, wie sie von allen genannt wurde, hatte ihr Ziel erreicht. Nicht, das sie, als sie aus dem Haus gegangen war, das auch nur geahnt hätte.

Ehrlich gesagt, hatte sie gar kein Ziel gehabt. Sie wollte nur, wie sie es so schön zu ihrer Nichte zu sagen pflegte, „schuchteln" gehen. Schuchteln bedeutete für sie, durch die Innenstadt zu schlendern, sich im großen Modehaus Beer & Söhne die neuen Hüte anzusehen und vielleicht bei Schöllhammers ein Eis zu naschen.

Auf diesem Weg, den sie immer wieder gern mal ging, begegnete ihr das, was sie als Leben bezeichnete. Seit etlichen Jahren war sie Witwe und hatte sich mit dem Verlust ihres Theo mittlerweile abgefunden. „Was weg ist brummt nicht mehr." sagte sie manchmal zu ihrer Freundin Friedlinde, mit der sie sich auch an diesem Tag im Kaffee Schöllhammer treffen wollte und fügte, ein wenig lächelnd, hinzu: „Oder schnarcht nicht mehr." Worauf Friedlinde, deren Mann noch schnarchte, weil er noch da war, wehmütig in ihre Kaffeetasse schaute.

So war Tante Belinda also losgewandert. Sie hatte ja Zeit und betrachtete die Auslagen des ortsansässigen Juweliers. Ringe, Ketten, neumodische Armbänder. Sie rümpfte die Nase. Das war nichts für sie. Kunst sollten manche Stücke wohl sein. Da lobte sie sich den schlichten Ring, den Theo ihr einst zur Hochzeit geschenkt hatte. Der Brillant soll über ein Karat sein. Liebevoll betrachte sie das Schmuckstück, das sie nie ablegte. Flüchtig dachte sie daran, das eine ihrer Bekannten einen Brillant trug, der mal ihr Gemahl gewesen sein sollte. Irgendwie kam ihr dieser Gedanke aber ziemlich gruslig vor. Wer will denn jeden Tag seinen Alten am Finger rumschleppen? Reichte es nicht aus, ihn durch Lebensjahrzehnte geschleppt zu haben?

Belinda kam an der Friedenskirche vorbei. Die Tür stand offen und sie hörte Orgelmusik. Als sie sich näherte, hörte sie einen alten Choral, den sie aus ihrer Jugendzeit kannte: „Harre meine Seele, harre des Herrn...“

„Welch ein Schmalz.“ dachte sie und wollte weiter schlendern. Eine Stimme ließ sie inne halten. Dort, an der Kirchenwand saß ein Bettler, der den Choral leise mitgesungen hatte. Er trug einen Mantel und vor ihm stand ein alter, aber wohlerhaltener, Hut. Die Hosen waren einmal schwarz gewesen und von guter Qualität, wie ihr fachmännischer Blick sofort bemerkte. Auch die Schuhe hatten irgendwann bessere Tage gesehen. Was mochte diesen Mann aus der Bahn geworfen haben? Eigentlich war sie nicht so sonderlich karitativ veranlagt. Aber irgendwie berührte sie dieser Mann, der da auf der Erde saß und sang. Er schien ihr auch altersmäßig nahe zu sein, wie sie dachte.

Nun, jedenfalls griff sie in ihre Handtasche und wühlte so lange in ihr, bis sie ihr Portemonnaie gefunden hatte. Sie öffnete es und legte dem singenden Bettelmann zehn Euro in seinen Hut.

„Gott möge sie segnen, meine Dame." sagte er. Wie kultiviert seine Stimme klang.

Tante Belinda lächelte und fühlte sich plötzlich sehr wohl. Sie hatte einem Menschen eine Freude gemacht und er hatte dieser Freude Ausdruck verliehen.

Nun konnte sie getrost und fröhlich zum Kaffee Schöllhammer eilen und hatte auch noch etwas, was sie Friedlinde erzählen konnte.

Voller Tatendrang betrat sie den Zebrastreifen und da hatte sie ihr Ziel erreicht. Ihre sechsundachtzig Kilo wirbelten durch die Luft, als sie von dem daher rasenden Krankenwagen erfasst wurden. Den Aufprall auf der Rabatte vor dem Kaffee nahm sie schon nicht mehr wahr.

Plötzlich sah sie sich selbst liegen und merkte, wie viele Menschen sich um sie drängten. Sollte sie etwa...? Das war doch nicht möglich! Hatte ihr nicht der Bettelmann gerade Gottes Segen zugerufen?

Zornerfüllt blickte sie um sich. Plötzlich sah sie eine Gestalt. Sie schien ihr nicht unbekannt. War das nicht – ja, das war Theo. „Komm, Lindchen (so nannte er sie immer, zu ihrem Leidwesen), sei nicht verärgert. Zum einen kannst du es eh nicht mehr ändern. (Immer diese Vernünftigkeit dachte Belinda) Zum anderen kann es doch auch wirklich Segen sein. Denk mal an den elenden Weg, den ich gehen musste, bis ich am Ziel war." „Aber ich wollte doch noch Kaffee trinken und bei Schöllhammers gibt es am Mittwoch immer Baisertorte. Vor allem aber ist doch Friedlinde da, die wartet auf mich." „Ach ja, Friedlinde, deine liebe Freundin. Ich hab sie sehr gern gehabt. Jetzt kann ich es Dir ja sagen. Wir haben angenehme Stunden miteinander verbracht." „Dann solltest du eigentlich in der Hölle schmoren." meinte Belinda voller Groll. „Ach Lindchen, was denkst du denn, wohin ich dich jetzt abholen gekommen bin?" „Aber ich bin doch ein guter Mensch!" schrie sie. „Was habe ich denn schlimmes getan?" „Frag lieber, was du gutes getan hast. Wirklich gutes." meinte Theo. „Na, ich hab, ich habe..." Belinda überlegte krampfhaft. Aber hatte sie nicht eigentlich immer an sich gedacht? Auch als Theo noch lebte, war sie keineswegs die gute Ehefrau gewesen und sie ahnte, dass das mit Friedlinde auch mit ihr zu tun hatte.

„Harre meine Seele, harre des Herrn..." Leise klang die Melodie aus der Kirche gegenüber. Was hatte sie zu erwarten? „Ich habe einem Bettler ein bisschen was gegeben." sagte sie verschämt. Leise fügte sie hinzu: „Er hat mir Gottes Segen nach gerufen."

„Na, vielleicht ist da doch noch ein wenig Hoffnung." meinte Theo, winkte ihr zu und ging.

Schmerz durchschoss sie und sie erblickte besorgte und bleiche Gesichter um sich. Eins gehörte Friedlinde. Sie mühte sich, zu lächeln. Eine Stimme sagte: „Sie ist wieder stabil. Wir bringen sie in die Notaufnahme." Die

Schmerzen schienen unerträglich. Leise, wie von Ferne, hörte sie die Stimme von Theo: „Ein bisschen Hölle muss sein."

Kleiner König

Es gibt Worte, die behält man im Kopf. Sind sie klug, oder geben sie nur etwas wieder, was man auch so sieht? Ein Satz, an den ich noch heute oft denke, wurde mir vor vielen Jahren gesagt. Es war am Beginn meines Weges im Amt. In der Uckermark hatten wir unser erster Pfarrhaus bezogen. In dem dazugehörigen Garten reiften auf vielen Bäumen, die einer meiner Vorgänger gepflanzt hatte, ein wahrer Segen heran. Äpfel und Birnen der mannigfaltigsten Sorten und so viele, dass es nicht möglich war, alles zu verarbeiten. So begannen wir uns nach einer Obstaufkaufstelle umzusehen. In einer meiner drei Gemeinden fanden wir schließlich jemanden, der eine solche Aufkaufstelle für die BHG betrieb. Dort bekam ich große Kisten und da ich mittlerweile im Besitz eines Diensttrabbis war, hatte ich auch die Möglichkeit, diese Kisten, sowohl leer, als auch gefüllt, zu transportieren. Dennoch war es nicht einfach, denn es waren riesige Mengen Obst, die da bewältigt werden mussten. Pflücken, der Größe nach sortieren, in die Kisten packen, wegfahren. Das Geld gab es immer gleich.

Im Laufe der Zeit kam ich mit dem Mann, der in einem kleinen Bauerngut in Klaushagen lebte, ins Gespräch. Schnell merkte ich, das ich es mit keinem der örtlichen Eingeborenen zu tun hatte. Er wirkte belesener und sprach ein sehr gepflegtes Hochdeutsch. Sein Haus war unscheinbar, wenn man es von außen sah oder in den Hof kam. Alles wirkte sauber und aufgeräumt. Kam man jedoch in die Wohnung und da war auch das Büro, so sah man Bilder, die weit über den berühmten röhrenden Hirsch hinaus gingen und Originale waren, ebenso Kristallgläser und Karaffen, schöne Möbel und alles strahlte Stil aus.

Was mochte den Mann in die Uckermark verschlagen haben.

Schließlich kam mein Vater, es war zwei Jahre vor seinem Tod, um mir bei der Ernte zu helfen. Als wir gemeinsam nach Klaushagen fuhren, um die Apfelkisten dort hin zu schaffen, klärte sich einiges auf. Vater stieg aus dem Auto und unser Aufkäufer kam aus seiner Wohnung. Die beiden sahen sich an. „Karl?" sagte Vater. „Wilhelm, DU?" kam es aus dem Mund des Mannes. Hier hatten sich zwei wiedererkannt. So wurde es ein längerer Aufenthalt. Karl Müller, wie unser Aufkäufer hieß, war Staatssekretär im Ministerium für Land- und Forstwirtschaft unter Minister Ewald gewesen. Sein Chef war 1973 in seiner Jagdhütte, nicht weit von Klaushagen entfernt, tödlich verunglückt. Sein Tod hatte so manchen mit in die politische Tiefe gerissen. Karl Müller aber war freiwillig aus dem Dienst gegangen. So wie er erzählte, war der tödliche Unfall kein zufälliges Ereignis gewesen. Der Minister galt als Hoffnungsträger im Blick auf einen vernünftigen Umgang mit den Bauern. Das machte ihn bei vielen Hardlinern der SED unbeliebt.

Nach diesem Gesprächsabend der beiden alten Herren war ich öfter mal auch auf Bier oder einen Apfelschnaps bei dem ehemaligen Staatssekretär. Über vieles haben wir uns unterhalten. Er sah das System sehr kritisch und hatte keine Hoffnung, das es wirklich die gepriesene soziale Ordnung schaffen könnte, die man sich unter dem Begriff „Sozialismus" vorstellte. Als ich ihn fragte, warum er nicht in Berlin geblieben sei und ob er nicht bessere Verdienstmöglichkeiten dort gehabt hätte, sagte er jenen Satz, der sich mit eingeprägt hat und an den ich heute noch mitunter denke: „Besser hier ein kleiner König, als dort ein großer Knecht."

Der Jesus im Pflaumenbaum

Wer weiß heute noch, was ein Vortragekreuz ist. Es gab eine Zeit, und so lange ist sie auch wieder nicht her, da war es für jeden Konfirmanden eine Ehre, Kreuzträger zu sein. Aber das war, als auch jeder Konfirmand sich wohl fühlte, wenn er in der Kurende mitsingen durfte.

Heute sieht man das Vortragekreuz auf dem Friedhof, bei einer Beerdigung, müde im Erdhaufen stecken oder am Container festgebunden. Es steht halt da und denkt vielleicht an die Zeit, als es dem Toten voran ging, wenn er von seinem vorletzten Hause zu seinem letzten geholt wurde.

Es war also in jenen Tagen, als das Vortragekreuz noch voller Bedeutung war, als "Fips", wie ihn alle seine Freunde nannten, Kreuzträger sein durfte.

Eines Tages, es war wohl Ende August, jedenfalls umschwärmten die Wespen den Pflaumenkuchen, als während eines mächtigen Gewittergusses in Göritzhain ein schlimmer Unfall geschehen war, bei dem Vater und Sohn einer Familie in den reißenden Fluten der Chemnitz zu Tode kamen.

Wie es der Brauch war, sollten sie von der Kurende, den Trägern und natürlich Fips mit dem Vortragekreuz am Tage des Begräbnisses von zu hause abgeholt werden. Nachdem sich alle Beteiligten an der Kirche versammelt hatten, und das Vortragekreuz aus seiner Halterung gelöst und vom Staube befreit worden war, zog der Trupp frommen Herzens los, in Richtung Göritzhain. Der Weg in der Sonnenglut führte hinab zu Tzschages Teichen, führte hindurch zwischen verlockenden Pflaumenbäumen, deren Früchte in der Mittagshitze dufteten. Wer mag wohl die Idee gehabt haben? einer jedenfalls meinte: "Ganz schön heiß heute." Ein anderer: "Pflaumen wären gut gegen Durst." "Und Hunger." ergänzte ein dritter, der immer gern alles aß, was sich so anbot. Es wäre ja furchtbar unkompliziert gewesen, wenn die Bäume etwas niedriger gewesen wären. Aber - die Pflaumen unten waren fast alle ab. Diejenigen, die in wunderschönem dunklen

Blau die begierige Gesellschaft anstrahlten, hingen unerreichbar, jedenfalls für Menschen ohne Hilfsmittel. so schaute man sich nach einer Latte oder einem Ast um, den man als Hilfe gebrauchen könnte. Als sich nichts fand, meinte der hungrigste: "Das Kreuz." Das Kreuz!" stimmten die anderen ein, froh über diesen Wink des Schicksals. Sie griffen danach, aber Fips hielt fest. "Dann tu du es!" forderte einer aus der Runde. so begann Fips die Äste abzuharken. Es war eine reiche Ernte, und sie wäre noch reicher geworden, wenn nicht wenigstens einer den dumpfen Glockenschlag der Kirchturmuhr gehört hätte. "Leute, die Leiche!" rief er, und alle ließen Pflaumenbaum Pflaumenbaum sein und rannten los. Als sie sich auf der Brücke über die Bahn auf die eigentliche Würde ihres Amtes besannen, und sich sammelten, rief einer plötzlich: "Wo ist denn de Jesus hin!" Alle starrten auf Fips und sein Vortragekreuz. Eindeutig, da fehlte der Korpus. Nun saß ihnen der Schreck in den Gliedern. Was würde wohl der Kantor sagen, wenn sie den Leichenzug ohne Jesus, mit dem kahlen Kreuz begleiten würden! Das roch nach Ärger. "Fips, es ist dein Jesus!" meinte einer. Fips sauste los. Er sauste zurück zu dem Pflaumenbaum, den sie geplündert hatten, und da sah er ihn schon. Die Goldbronze glänzte hell in der Sonne und einiges Rütteln mit dem Kreuz half, um den, der dort dran sein mußte, zunächst einmal ins Gras unter dem Pflaumenbaum zu befördern. Fips hob ihn auf und er sah die Bescherung. Die Nägel, die den Herrn Jesus am seinem Kreuz gehalten hatten, waren durchgerostet. Was sollte er tun? Die Zeit lief ihnen davon. Fips überlegte nicht lange. Er zog die Schnürsenkel aus seinen Schuhen und band den Jesus an seinem Kreuz fest. Nun würde er wohl den Weg überstehen.

Allerdings mußte Fips feststellen, daß es sich ohne Schnürsenkel nicht besonders gut lief. So zog er erst mal die Schuhe aus, um schnell wieder zu seinen Kameraden zu kommen. Dann mußte er sie wieder anziehen, denn ein barfüßiger Kreuzträger ist ja wohl nicht besonders würdevoll. So schlurfte Fips mit dem Kreuz, an dem der mit seinen Schnürsenkeln angebundene Jesus hing, vor dem Leichenzug her. Es ging alles feierlich langsam. Nur der Kantor meinte schließlich ärgerlich: "Warum schlurfst du denn so abscheulich? Kannst du nicht anständig gehen!"

Irgendwann bekam Jesus neue Nägel und Fips neue Schnürsenkel. Heute ruht er selbst dort, wohin er einst mit dem Vortragekreuz andere geleitet hatte. Manchem aber mag die

Geschichte vom Jesus im Pflaumenbaum in Erinnerung geblieben sein.

Leben

Wir sind Gefangene der Konvention. Selbst wer dafür nur Hohn, hängt letztlich von ihr ab.

Wir leben in den Linien, die sie gibt. Auch wenn man sie nicht liebt, begleitet sie uns bis zum Grab.

Wir meinen immer, wir wärn frei. Wir sind es nie, was immer sei, wir sind ja von „Vernunft" geprägt.

Sie ist es, die uns hält. Treibt es dann einen durch die Welt, wird bald ein Zaum ihm angelegt.

Ostern

Christ ist erstaanden! So singt die Gemeinde am Ostermorgen. Die Kirche ist voller Menschen. Der Duft von Kerzenwachs mischt sich mit dem Geruch nach frischem Grün. Die Sonne strahlt durch die Fenster und taucht das Kirchenschiff in ein helles, fröhliches Licht.

„Wär er nicht erstaanden, so wär die Welt vergaangen!" singt die Gemeinde, und ich überlege, ob jene, die da singen, das Ostergeheimnis wirklich begriffen haben, ja ob ich es begriff, der ich ihnen die Osterpredigt halten soll.

Da sitzt die alte Frau Schulze. Ihr Mann wird heute abgekündigt. Vor einer Woche haben wir ihn begraben. Sie ist nun allein. Was gilt ihr Ostern? Christ ist erstanden, ihr Mann ist begraben. Ihr Sohn lebt weit weg von ihr.

Zwei Bänke weiter sitzt Herr Friedrich. Er hatte im vorigen Jahr eine schwere Operation hinter sich, anschließend Chemo. Er war dem Tode nahe, weiß zumindest um das, was auch Kreuz sein kann. Ostern? Hoffnung?

Ich denke an jene Zeit, in der Jesus auferstand. Früh am ersten Tag der Woche. Das Grab war leer. Niemand erwartet ein leeres Grab, wenn er einen Menschen, den er mochte, den er liebet, dort hineinlegte.

Die ersten, die es sahen, flohen voller Angst und Schrecken. Die Feinde Jesu sagten sofort: „Die haben die Leiche geklaut!"

Ostern ist so unwahrscheinlich, weil es unsere sämtlichen Erfahrungen durchkreuzt.

Das Kreuz kann man ja gelten lassen. Gestorben wird immer. Manchmal schnell, wie bei den Mann der alten Frau Schulze, der beim Lesen der Morgenzeitung vom Tod ereilt wurde, manchmal unter Schmerzen, wie Jesus am Kreuz.

Aber Auferstehn?

Paulus schreibt, ungefähr zwanzig Jahre nach diesem Ereignis davon, wie viele den Auferstandenen gesehen haben. Auch er rechnet sich dazu.

Die Menschen seiner Zeit taten sich mit der Auferstehung nicht leichter, als wir heute. Ihr Erfahrungshorizont war ja auch kein anderer, als es unser Erfahrungshorizont ist.

Viele Menschen sagten: Es gibt keine Auferstehung der Toten.

Viele Menschen sagten: Tot ist tot, bleibt tot.

Paulus sagte und schrieb: Wenn es so ist, dann ist Jesus auch nicht auferstanden. Wenn Jesus aber nicht auferstanden ist, dann sind wir die elendigsten unter allen Menschen. Wir würden keine Hoffnung haben, denn alles wäre mit uns, wie es vor dem Kreuz war. Wir wären unerlöst, nicht von Gott frei gesprochen. Wir würden von etwas reden, was keinen Sinn hat und das Kreuz, dieses Kreuz wäre nur das Symbol des Scheiterns der Liebe, die dieser Jesus den Menschen vorgelebt hat. Aber, so Paulus, nun ist Jesus auferstanden von den Toten als Erstling. Erstling. Auch der Mann der alten Frau Schulze wird auferstehen, und auch Herr Friedrich braucht den Tod nicht zu fürchten, sollte seine Krankheit sich wieder zeigen – vielleicht das Sterben, den Schmerz, das Leid – auch Jesus betete um Gottes Gnade dort im Garten und um Leben. Aber den Tod muss niemand fürchten, weil Jesus auferstanden ist, als Erstling unter denen, die entschlafen sind.

„Halleeluuja, halleeluuja, des wolln wir alle frooh sein, Christ will unser Troost sein. Kyrieeleis." Das Lied ist zu Ende. Wie viel einem so durch den Kopf gehen kann, während die Gemeinde singt. Ich richte mich auf. Blicke in die Runde. Viele Gesichter schauen zu mir hoch. Herr Friedrich, Frau Schulze, die Kirche ist voll. Ich lächle. „Liebe Gemeinde! Christ ist erstanden. Ja! Wir dürfen froh sein." Es ist Ostern. Der Duft von Kerzenwachs mischt sich mit dem Geruch von frischem Grün. Die Sonne strahlt durch die Fenster und taucht das Kirchenschiff und die Gemeinde in ein helles, fröhliches Licht. Und ich, ich darf den Menschen die frohe Botschaft von der Hoffnung sagen, die Gott uns, allem, was wir so zu wissen meinen, zum Trotz, schenkt.

Notprogramm

„Er ist weg." so posaunte es Pfarrer Müller lautstark seinem Vikar entgegen, der zur wöchentlichen Griechischstunde bei ihm erschien. Der Vikar war ich und ich machte ein belämmertes Gesicht, denn ich konnte mit diesem Ausruf nichts anfangen. Nun, meine fragende Mine schien meinem Vikariatsvater denn doch aufzufallen. „Lieber Bruder, der Frieder Beiermann ist weg. Er ist einfach verschwunden. Bruder Kohn hat es mir soeben aus Fürstenwalde mitgeteilt." Aha, nun wusste ich schon ein wenig mehr. Bruder Kohn war unser Superintendent und der saß in Fürstenwalde. Frieder Beiermann war Pfarrer in Eggersdorf, nur wenige Minuten mit dem Fahrrad von Müncheberg entfernt in südwestliche Richtung. Die Straße war zwar erbärmlich, Kopfsteinpflaster eben, aber man konnte fahren und auch ich war dort schon einmal gewesen.

Da war er also fort, der Herr Pfarrer Beiermann. Sozusagen bei Nacht und Nebel verduftet. „Weit wird er wohl nicht sein." sagte ich, daran denkend, das man ja in der DDR nur einen recht begrenzten Platz zur Verfügung hat.

Mein Herr und Meister schaute mich treuherzig an und ich merkte, dass es wohl kaum eine Stunde würde, die der griechischen Sprache geweiht ist. „Vielleicht hängt er ja irgendwo im Wald." war seine Vermutung. Ich erschauerte innerlich. „Warum sollte er seinem Leben ein Ende setzen? Das wäre doch eine Sünde." Natürlich wusste ich, dass diese Sünde schon öfter von verzweifelten Leuten begangen worden war. Wohl auch von Pfarrern, denn auch solche Menschen sind nicht vor Verzweiflung geschützt, schon gar nicht, wenn sie voller Zweifel waren, wie unser lieber Bruder im Herrn. Pfarrer Müller wiegte sein Haupt, die Sonne ließ seine Glatze glänzen. „Einfach war er nicht und einfach hatte er es nicht." Ich nickte, denn beides stimmte. Einfach war er nicht. Das hatte ich in der kurzen Zeit, die ich im Vikariat und damit im Kirchenkreis war, schon mitbekommen. Er war ein begnadeter Jugendpfarrer und sammelte die jungen Menschen um sich. Er konnte Gitarre spielen und hatte in Lindenhof, einem Vorwerk, eine alte Scheune zum Jugendtreff ausgebaut. Dort war regelmäßig was los. Manchmal auch zu viel und es hieß, dass sich die Stasi bereits mit ihm befasst hatte. Aber das konnte ebenso gut ein Gerücht sein.

Kein Gerücht war es, dass er Glaubensprobleme hatte und, wie man so schön sagt, in einer theologischen Krise steckte. Ich erinnerte mich noch an einen Konvent, bei dem er, kurz nach dem Kaffee, plötzlich aufgesprungen war. Er hatte wild in die Runde geschaut. Dann hatte er gerufen: „Ich kann nicht mehr beten! Das ist alles leer! Alles leer!" Danach stürzte er aus dem Raum und ließ uns verblüfft zurück. Es entbrannte anschließend eine rege Diskussion über das Gebet und wie so etwas passieren kann und er ließ doch eine gewisse Beunruhigung bei seinen Kollegen zurück. Ob das wohl der Auslöser für sein Verschwinden war?

Ich sprach Pfarrer Müller dahingehend an. „Schon möglich, schon möglich." Meinte er. „Oder", er hielt einen Finger an seine Nase, wie er es oft machte, wenn er meinte, eine Idee zu haben, „oder es hat mit seiner Ehe zu tun." Ich grinste. „Vielleicht hat ihn seine Frau abserviert." sagte ich, leise glucksend. „Bruder, das denkt man nicht mal!" wies er mich, selbst glucksend, zurecht.

Wenn man an das Eheleben des entschwundenen Kollegen dachte, konnte man schon auf diese oder jene Idee kommen. Wie jeder wusste, war er, aus welchen

Gründen auch immer, mit einer Frau gesegnet, die dem Begriff „Hausdrachen" alle Ehre machte. Sie galt als ein ausgesprochen unangenehmes Exemplar der weiblichen Spezies und es mischte sich in ihr die Streitsucht einer Xanthippe mit der Wucht eines preußischen Dragoners. Nein, sie war keine gute und geduldige Person, wie ich selbst erleben durfte, als ich mit dem Fahrrad nach Eggerdorf gefahren war, um ein dringendes Schreiben zu Pfarrer Beiermann zu bringen. Sie hatte mich vor der Tür des Pfarrhauses abgefertigt und das in einem rüden Ton, als wenn ich ein Herumtreiber und Tunichtgut wäre. Dabei war sie nicht einmal hässlich, was ihr Äußeres anbelangte. Aber in dem angenehmen Körper wohnte halt ein rabiater Geist. Nicht etwa, das jemand meint, nur Vikare würden von ihr schnöde behandelt, nein, sie machte da keinerlei geistliche Standesunterschiede. Einst, so erfuhren wir, war der Herr Superintendent aus Fürstenwalde angereist, um dem Bruder Beiermann einen dienstlichen Besuch abzustatten. Er hatte höflich geklingelt. Die Tür des Pfarrhauses hatte sich geöffnet und die Dame des Hauses erschien auf der Schwelle. „Was wollen sie denn?!" blaffte es dem Superintendenten entgegen.

Superintendent Kohn war nicht klein und mickerig, sondern ein gestandener Mann. Dennoch fühlte er sich plötzlich sehr in der Defensive. „Ich wollte mit ihrem Mann etwas dienstliches besprechen." erwiderte er. „Jetzt nicht." schallte es aus ihrem Mund. „Ich habe eben den Flur gewischt, den trampeln sie mir jetzt nicht voll. Kommen sie ein anderes Mal." Die Tür fiel ins Schloss und der Superintendent stand davor. Er selbst hatte uns das erzählt, justament an jenem Tag, als Frieder Beiermann nicht mehr beten konnte. Er hatte Pfarrer Beiermann einige Zeit später, als dieser in der Superintendentur war, darauf hin angesprochen und der hatte ihm wohl sein Herz ausgeschüttet. Wir alle waren uns einig, dass er um sein Eheweib nicht zu beneiden war. Nun war er fort und es schien durchaus logisch, dass der Krug wohl einmal zu viel zum Brunnen gegangen war.

Wir redeten noch ein wenig hin und her und ich war dann entlassen und ging meinen sonstigen Geschäften nach.

Beim nächsten Konvent bestätigte es sich. Eine Woche nach seinem Verschwinden hatte der Superintendent einen Brief von Beiermann erhalten. Dieser hatte es nicht mehr ertragen und war vor seiner Frau geflüchtet. Recht weit war er, für DDR Verhältnisse gekommen. Von Müncheberg bis Schwarze Pumpe. Dort hatte er als einfacher Arbeiter im Werk begonnen und gleichzeitig die Scheidung eingereicht.

Später ist er dort unten, im Raum Cottbus wieder als Jugendpfarrer tätig gewesen und soll eine recht segensreiche Arbeit geleistet haben.

Mir ist dieser Mann lange in Erinnerung geblieben. Bekanntlich sagt man, das Not beten lehrt. Es scheint aber Nöte zu geben, da endet selbst die Kraft dazu.